_________________ 님께

추억의 언저리에 웃고 있는

당신께 이 책을 드립니다

년 월 일

____

글벗시선 171 신복록 시조집

추억의 언저리에서 웃고 있다

신복록 지음

시인의 말

시집을 출간하며

더러는 아픈 상처
기억도 있겠지만
유년의 말괄량이
풋풋한 청춘 시절
그때의 순수함으로
기억 속에 머문다

삶의 길 굽이굽이
험난해 힘겨울 때
빛바랜 사연 하나
추억의 길목에서 서
웃고 있는 내 얼굴

한 줄의 회상 속에
기쁨에 행복함도
슬픔의 가슴 아픈

수 많은 이야기들
오늘도 쌓인 보따리
주섬주섬 펼친다

묵묵히 응원해주신 김민구, 구진우, 박순갑, 이정국 님께 진심으로 감사를 드립니다.

2022년 9월

저자 신복록

차 례

제1부 사월의 수채화

제2부 먼 길 떠난 사랑아

제3부 아버지 사랑

제4부 먼 훗날의 추억

제5부 또 하나의 그리움

제1부

사월의 수채화

그녀에게 가는 길

그녀가 있는 곳에
덤덤한 마음 되어
어제의 눈물 바보
오늘은 밝은 미소
되돌아
오는 발걸음
사뿐사뿐 가볍다

나팔꽃

가녀린 줄기들이
넝쿨로 얼기설기

끈 하나 의지한 채
힘차게 뻗어가며

줄타기 곡예를 하듯
높디높게 오른다

아침에 피었다가
해 질 녘 오므리는

짧은 생 아쉬운 듯
꽃송이 짙고 짙네

덧없는 사랑의 꽃말
보랏빛깔 나팔꽃

희망

힘겨운 무게 앞에
상념이 사로잡혀
하얀 밤 지새우고
버스에 몸을 싣네
멍하니 창밖을 보니
공허함만 스민다

무엇을 비워왔고
채움은 무엇인가
아직은 힘내야 할
이유가 있었기에
긍정의 마음을 품고
희망으로 달랜다

노을빛
신복록
하늘은
맑디 맑고 햇살이 따사로운
잔잔한 바람결에 녹갈을 걸노라네
드넓은
호숫가에는 동장군이 머문다
철새들
물을 찾아 개천가 모여들고
서녘의 노을빛은 물위에 드리우네
오리떼
유영을 하며 한가로이 노닌다
려송
신복록님의 글을 려송붓질

마음의 여유

청춘의 열정들을
세월에 묻어두고
인생의 반환점을
쉼 없이 달려오니
어느덧
중년이 되어
변해버린 모습들

남은 삶 황혼 길은
단거리 장거릴까
한치도 알 수 없는
우리네 인생사니
마음의
여유 손잡고
쉬엄쉬엄 걷세나

유월의 어느 길섶

드넓은 초원 위에
눈송이 내려앉듯
순백의 하얀 꽃잎
해풍에 하늘하늘
메밀꽃 흐드러지게
꽃물결을 이루네

연둣빛 잎새 위에
흰 눈이 사각사각
벌 나비 축제 되어
흥겨움 분주하니
유월의 어느 길섶에
저리 곱게 폈구나

미운 네 살

따사한 햇살 아래
봄 오는 길목 따라
봄 마실 자박자박
둑길을 걸어보네
잠깐의 감성에 젖는
할머니의 여유다

놀이터 그네 타고
미끄럼 시소 놀이
해맑은 웃음소리
신나서 깡충깡충
마음껏 뛰어다니며
지치지도 않구나

옛날은 일곱 살이
요즘은 미운 네 살
떼쓰는 고집쟁이
에너지 넘쳐나네
할머니 친구가 되어
하루해가 저문다

수원산

수원산 돌고 돌아
고갯길 넘어가니
저 멀리 산 능선은
동살의 빛줄기가
물감을
풀어놓은 듯
한 폭 그림 펼친다

사연을 반쯤 담은
달빛은 잠이 들고
톡 쏘는 아침 바람
청량함 스며드니
하루란
힘찬 희망을
목청 높이 외친다

밤 기차

늦은 밤 내리는 비
창문을 두드리고

저 멀리 밤 기차는
덜커덩 소리 내며

무엇이 그리 바쁜지
바람처럼 떠난다

빗속에 사라지는
기차의 칸 칸마다

슬픔의 눈물 싣고
행복의 웃음 담아
어느 역 사연 보따리
내려놓고 떠날까

꽈리 나무

흰 눈이 내려앉은
산속 집 뜨락에는
가을이 남아있어
붉은 등 대롱대롱
새하얀 꽃눈 위에서
살랑살랑 춤춘다

등불을 걸어 논듯
어여쁜 꽈리 나무
꽈르르 음률 소리
추억을 불러오네
눈 속의 가을 풍경이
그림 되어 서 있다

하루

어둠의
새벽길은
고요가 스며들고

하늘의
달별님은
동행의 벗이 되니

하루란
희망의 마음
따뜻하게 해준다

국화밭

꽃동산 언덕길에
흰 설이 뿌려진 듯
새하얀 꽃잎 송이
꽃내음 그윽하니

가을의 멋스러움이
익어가고 있구나

국화밭 드넓은 길
갈바람 스쳐가니
꽃물결 하늘하늘
춤사위 곱디곱네

밤하늘 달빛 벗 삼아
걸어보고 싶구나

위안되던 작은 밭

조그만 뿌리 두 알
나와의 인연되어
뜨락에 자리 잡고
봄날이 찾아오면
여린 싹 봉긋 돋아나
화사한 꽃 피었지

세월의 흐름 속에
언제나 변함없이
꽃송이 피고 지니
애정이 깊어지네
마음이 흐트러지면
위안되던 작은 밭

꽃잎 진 자리에는
꽃대만 서걱대니
휑하니 쓸쓸하여
이 내 맘 시려오네
화초들 스담해주며
집안으로 들인다

쉼표

지난밤 빗소리는
거리를 적셔놓고

단잠을 자려는지
빗방울 숨어드네

스산한 새벽바람은
옷깃 속에 머문다

오늘은 유난히도
길섶을 나선 발길

돌덩이 매달린 듯
무겁고 버거우니

날 위해 쉼표란 점을
찍어보고 싶구나

산 다래꽃

눈부신 아침 햇살
숲속의 오솔길에
청아한 노랫소리
산새들 합창하니
자연의 싱그러움에
평온함이 스민다

보드란 바람결에
맑은 향 스쳐가니
풀숲에 새초롬히
피어난 산 다래꽃
새하얀 단아한 자태
여름 미소 곱구나

또 하나의 인연

잠깐의 힘겨움에
외로움 스며들 때

진실을 가득 담아
따뜻한 힘을 주니

그녀의 고운 마음 꽃
그 향기도 진하다

스치는 바람처럼
가벼운 만남 아닌

사랑의 씨앗 되어
가슴에 싹 틔우니

인연의 꽃을 피우며
지지 않게 가꾸리

여름날의 물장난

매미는 소리 높여
노래를 떼창하고

맑은 물 돌 틈 사이
다슬기 낮잠 자니

발밑에 송사리 떼는
툭툭 치며 놀잰다

바위에 엎드려서
물장구 찰방찰방

더위는 사라지고
시원함 오돌오돌

신선이 따로 없어라
여름날의 물장난

감자 범벅

겉모습 투박해도
껍질 속 뽀얀 속살

강판에 쓱쓱 갈아
콩이랑 합궁하네

옛 기억 꺼내보면서
조물조물 해본다

내 고향 감자바우
배고픈 보릿고개

옹심이 감자범벅
하루의 끼니였지

추억의 뒤안길에서
향수되어 그립다

보리밭의 추억

황금빛 살랑이는
드넓은 초록 물결
보리밭 바라보니
아련한 유년 시절
정겹던 기억한 줄이
바람결에 스친다

알 영근 알갱이들
군불에 살짝 구워
비벼서 호호 불어
입안에 오물오물
얼굴은 숯 검둥이로
분단장이 되었지

대궁을 꺾어 들고
서툴게 불어대면
뜻 모를 피리 소리
깔깔깔 즐거웠지
보리는 하늘대는데
추억들만 있구나

사월의 수채화

꽃잎 진 나뭇가지
연둣빛 짙어지니
화사한 봄꽃 동산
사월의 수채화를
가슴 속
화단에 심어
추억으로 담으리

발길이 머무는 곳
색색의 봄의 축제
내 것은 아니지만
마음껏 누리면서
봄 떠나
그리워지면
다시 꺼내 보리라

짝사랑

마음에 자리 잡은
짝사랑 꽃나무들
언제쯤 꽃 피려나
설렘의 기다림에
오늘도 바라만 보네
해바라기 같은 맘

어제도 엊그제도
꽃밭에 서성이며
살며시 속삭이네
예쁜 꽃 피어 달라
사랑 꽃 연두 잎새만
살랑살랑 흔든다

슬픈 새

찬바람
쌀쌀한데
나무에 새 한 마리

끔쩍도
하지 않고
쓸쓸히 애처롭네

무엇이
그리 슬퍼서
홀로 저리 우는가

한 줄의 추억

신작로 거리마다
낙엽은 나뒹굴고

고사리손을 잡고
가을을 주워보네

바스락 음률 소리에
걷는 걸음 신난다

한 걸음 앞서가면
한걸음 맞춰가며

이 가을 너와 나의
한 줄의 추억 되니

먼 훗날 회상하라며
차곡차곡 담는다

흰 장미

뜨락에 마실 나온
별 하나 달님 하나
서로가 마주 보며
다정히 속삭이니
싸늘한 밤바람마저
알싸하니 맴돈다

고요한 어둠 속에
우아한 흰 장미는
외로이 흔들대며
하늘만 바라보네
그 모습 처연하여라
쓸쓸함이 머문다

이별 노래

길섶에 억새들은
떠나기 싫은 건지
보드란 하얀 물결
바람에 휘청이며
저 멀리
가을 끝자락
바라보고 있구나

가녀린 줄기 끝에
매달린 솜털들은
무서리 내려앉아
파르르 떨고 있네
억새는
서걱거리며
이별 노래 부른다

제2부

먼 길 떠난 사랑아

영랑호에서

설악의 높은 산에
구름이 내려앉아
햇살은 숨어들고
바람만 불어오니
호숫가 드넓은 물결
넘실넘실 춤춘다

화마가 휩쓸고 간
아픔의 산자락에
푸름이 돋아나며
상처를 덮어주니
철없이 피어난 철쭉
새초롬히 웃는다

영랑호 자리 잡은
스승님 시비 앞에
유년의 악동들은
추억을 회상하니
그 시절 웃음꽃 피어
아름답게 머문다

고운 여인아

은은한 들꽃처럼
온화한 너의 미소

강인한 마음으로
꿋꿋이 살아가며

소망의 보금자리를
이뤘으니 장하다

착하고 예쁜 심성
언제나 따뜻함에

축복의 밝은 햇살
환하게 비춰주니

사랑의 고운 여인아
행복 길만 걸으렴

초행길

어제는 안부 속에
웃음꽃 주시더니
오늘은 허망함에
슬픔을 남겨주네
밤사이 안녕이라고
아쉬움만 남는다

인생사 잠시 잠깐
머물다 떠나갈 길
저 험한 초행길을
그 어찌 걸어갈까
한 마리 고운 새되어
훨훨 날아 가소서

사돈

때로는 가깝지만
어려운 사돈 사이
포복산 산기슭에
땀 흘러 가꾼 농사
맛보라
보내주시니
감사함을 어쩌나

검은빛 작은 과일
속살이 노릇노릇
자두의 맛을 품고
모양은 체리일세
새코롬
달콤한 맛이
자꾸 유혹 해댄다

겨울밤에

동짓달 긴 긴 밤에
출출함 스며들면
오빠는 서너 마리
북어를 두들기고
언니는 감자를 쪄서
겨울밤을 보냈지

이북식 국수 말이
아버지 만드시면
삼 남매 순식간에
한 그릇 뚝딱했지
겨울날 행복한 추억
잊을 수가 없어라

먼 길 떠난 사랑아

싸늘한 바람마저
고요히 잠이 들고
차디찬 벽에 걸린
사진은 웃고 있네
담담함 애써보지만
무너지는 이내 맘

기억의 언저리에
수 많은 기억들이
남겨진 현실 앞에
가슴에 가시 되어
깊숙이 박혀있으니
통증 되어 아프다

불면의 밤이 되면
그립고 보고픔은
홀로이 눈물 되어
얼룩만 스며들고
허공에 부르는 이름
먼 길 떠난 사랑아

첫 만남

함박눈 내리던 날
보드란 눈꽃 송이

춤사위 나풀대니
첫 만남 신기하네

새하얀 융단 길 따라
자박자박 걷는다

발자국 한발 두발
졸졸졸 따라오고

눈 꽃잎 방울방울
잡으면 사라지네

귀여운 아기천사는
눈 세상이 신나요

시월의 산정호수

안개가 휘어 감은
호숫가 산 그림자
잔잔한 맑은 물에
풍경이 펼쳐지니
감동의
넋을 잃고서
황홀함에 취한다

자연의 화가들은
아무런 조건 없이
저토록 아름다운
가을을 선물하니
시월에 산정호수의
아침 향기 담는다

쉬어가자

지치고 힘이 들면
잠시만 쉬어가자
고향의 바닷가에
추억을 펼쳐놓고
목청껏 웃어보면서
이 순간을 즐기세

굴곡진 삶의 길에
수많은 희로애락
오늘도 살았으니
내일도 살아가세
그래도 살아 볼만한
중년의 길 아닌가

주어진 현실의 삶
불평도 하지 말고
짧아질 우리의 길
천천히 전진하며
인생길 멈출 때까지
걸어가세 친구여

여름밤

어둠이 드리워진
산속의 뜨락에는
밤 하늘 별도 달도
마실 와 머무르니
모깃불 쑥 향기 품고
스멀스멀 춤춘다

시냇물 졸졸 소리
풀벌레 울어대고
평상에 도란도란
옥수수 하모니카
정겨운 이야기 속에
깊어가는 여름밤

감자

썩어간 감자 몇 알
화분에 묻었더니
여린 싹 푸릇푸릇
하얀 꽃 피어나니
꽃송이 신기하여라
기다리는 호기심

꽃잎 진 줄기 밑에
뿌리를 파내보니
감자가 주렁주렁
한소끔 달려있네
작은 알 앙증맞아서
실웃음만 나온다

예쁜 풍경

시원한 산바람에
초록이 남실대고
맑은 물 작은 계곡
다정한 예쁜 풍경
손주와
할아버지의
대화 소리 정겹다

긴 나무 낚싯줄로
대어를 잡으려나
피라미 깜짝 놀라
바위틈 꼭꼭 숨고
행복한
웃음소리가
산자락에 퍼진다

붉은 여명

붉은 여명

드넓은 쪽빛 물결
수평선 끝자락에
새빨간 홍시 하나
찬란히 떠오르니
웅장한 붉은 여명에
설악산이 물든다

햇살이 토해내는
윤슬의 눈부심이
백사장 금빛 모래
별처럼 반짝이니
갈매기 힘차게 날아
아침 노래 부른다

담쟁이

풍성한 잎새들은
어디로 간곳없고
앙상한 넝쿨들만
흙벽에 매달린 채
자연의 벽화가 되어
한 폭 그림 펼치네

푸른 잎 하나 없이
쓸쓸히 엉켜 있어
휭하니 텅 빈 자리
그 모습 처연하다
폐가가 허물어지면
사라져갈 담쟁이

그 자리

울창한 숲속에서
쉼 없이 울어대던
화음의 목소리가
점점 더 멀어지니
매미의 이별 시간이
가을 길에 서 있네

고운 옷 갈아입은
너 떠난 나뭇가지
맴 맴 맴 기억하며
막연한 기다림에
여름날 돌아오기를
그 자리를 지킨다

밤바다

어스름 해변에는
시원한 해풍 불고
바닷가 모래밭에
팔 베고 누워보니
밝은 달 구름 사이로
숨바꼭질해댄다

귓가에 들려오는
잔잔한 파도 소리
고요한 음률 되어
자장가 되어주니
스르르 잠들고 싶은
밤바다의 평온함

사랑의 적금

살며시 손을 잡고
끼워준 반지 하나

진실의 끈끈함에
감동이 스며드네

너라서 감사하여라
멋진 우정 친구야

고운 맘 인연 되어
보듬는 마음의 정

소중한 보석으로
행복을 나눔 하니

사랑의 적금이 되어
차곡차곡 쌓인다

조카며느리

너와 나 고운 인연
십육 년 세월 속에
수많은 희로애락
눈물과 기쁨 겪고
우리는
눈빛만 봐도
서로 마음 느끼네

그 누가 시이모를
그렇게 섬김할까
따뜻한 고운 마음
예쁘다 행복이네
감사한
조카며느리
사랑이라 말하리

밤송이

동그란 초록 빛깔
따가운 가시들은
촘촘한 옷을 입고
실하게 영그나니
가을볕 스며들어와
갈색 옷을 입힌다

지나는 갈바람은
앙다문 송이마다
툭 치고 지나가니
밤송이 하품하며
후드득 토실한 알밤
한 알 두 알 떨군다

천사

어릴 적 열병 앓고
생각이 멈추어서
여섯 살 마음 가진
나이는 서른아홉
큰 키에 듬직한 풍채
순수하다 천사는

푼푼이 모아놓은
용돈을 챙겨 들고
수줍게 내민 봉투
축하의 손 글씨가
감동에 울컥해지며
눈물방울 주르르

달개비꽃

아침의 들녘 길에
물감을 덧칠한 듯
옥색의 작은 꽃들
햇살에 반짝이니
영롱한 달개비 꽃잎
초롱초롱 곱구나

끈질긴 생명으로
풀숲에 돋아나서
보는 이 없건마는
꽃송이 피어나니
그 이름 닭의장의 풀
단아하다 들꽃이

친구여

황혼 길 걸어가는
우리들 머리 위에
흰 머리 돋아나고
주름이 늘어나니
세월의 다음 숫자에
그 무엇이 남을까

인생의 험난한 길
꿋꿋이 견뎌내며
반백 길 걸었으니
얼마나 힘들었나
이제는 자신의 삶을
쓰담쓰담 해주세

가끔은 고향 바다
해변에 마주 앉아
탁배기 한 잔 속에
정겨움 안주 삼아
유년의 추억 꺼내며
웃어보세 친구여

안개 숲

아침의 개천가에
물안개 피어올라
한걸음 또한 걸음
안개 숲 걸어가니
인생의
험난한 길을
헤쳐 가듯 싶구나

뿌옇게 가로막은
안갯길 벗어나니
삶 속의 힘든 여정
희망이 솟아나듯
저 멀리 구름 사이로
햇살 한 줌 비춘다

댑싸리 밭

청명한 햇살 아래
연천의 끝자락에
십 리 길 들녘에는
색색의 꽃송이들
바람에 하늘거리며
패션쇼를 펼치네

보드란 잎새마다
연둣빛 남실남실
두둥실 구름꽃도
풍경에 머무르니
삼곶리 댑싸리 밭은
화려하니 곱구나

제비들 비행하는
드넓은 꽃길에는
저마다 고운 자태
감탄을 자아내니
가을 향 수채화들을
차곡차곡 새긴다

제3부

아버지의 사랑

집으로 가는 길

달 보며 떠난 길섶
여명이 밝아오니

저 멀리 남산 마을
황금빛 찬란하네

아침의 밝은 햇살이
응원하듯 빛난다

집으로 가는 길은
어둠이 내려앉고

하늘에 샛별 하나
하루를 토닥이니

화려한 한강의 야경
가을밤이 곱구나

자라섬

느리게 걷는 길에
색색의 고운 꽃들
자연의 병풍 되어
드넓게 펼쳐지니
강바람 솔솔 불어와
춤사위를 펼친다

가을의 멋진 운치
감성에 젖어 들고
화려한 꽃물결에
고운 향 스쳐 가니
자라섬 꽃들의 향연
꽃길 속에 머문다

시래기

무청은 줄 맞추어
처마 밑 대롱대롱
바람이 툭 건드니
춤사위 룰루랄라
바스락 사그락 소리
겨울 노래 부른다

푸름은 갈색 옷을
살포시 갈아입고
만지면 바삭바삭
시래기 되어가네
겨울날 구수함 품고
밥상 위에 오르리

만남

만남이 주는 기쁨
설렘이 가득하고
서로의 기억에서
추억을 회상하니
친구란 좋은 인연들
향수 속에 머문다

유년의 순수함도
청춘의 흔적들도
세월의 숫자 속에
모습은 변했지만
노년의 뜨락에 앉아
우정 향기 채운다

홍시

가을과 함께 떠난
나무의 풍성한 잎
헐벗은 가지 끝에
말랑한 붉은 홍등
새들이 날아오기를
허공 속의 기다림

담장의 대롱대롱
매달린 홍시들은
바람이 스칠까 봐
마음은 노심초사
오늘도 찾는 이 없네
까치들의 날갯짓

함박눈

창밖의 함박눈은
마음을 유혹하니
설렘의 마음으로
집 밖을 나서보네
보드란 눈꽃 송이가
탐스럽게 예쁘다

눈 쌓인 골목길에
아이들 신이 나고
눈사람 만드느라
웃음꽃 재잘재잘
눈 속의 정겨운 모습
동심들은 즐겁다

산속의 계곡에도
가냘픈 갈잎에도
보드란 눈꽃들이
소복이 쌓여가니
눈길의 발자국 하나
흔적 되어 남는다

소중한 인연

봄부터 꽃잎 모아
정성껏 찌고 덖어

고운 향 꽃잎 차를
마음 정 나눔 하니

또 하나 소중한 인연
감사함을 품는다

찻잔에 모락모락
그윽한 꽃내음에

정겨운 이야기들
웃음꽃 피어나니

겨울날 그녀의 마음
향기 되어 퍼진다

봄까치꽃

사부작 걸어보는
둑길의 양짓녘에
보랏빛 아리따움
햇살에 반짝이니
풀숲에
작은 꽃송이
앙증맞게 피었다

고개를 숙이고서
가만히 바라보니
낙엽 잎 틈새 속에
수줍게 피어있는
가녀린
봄까치꽃이
봄소식을 전한다

투정

매서운 바닷바람
추운들 어떠하리
아버지 깊은사랑
가슴은 따뜻한데
소박한 술상 차리며
그리움을 달랜다

몇 굽이 더 살아야
그때는 덤덤할까
홀로이 외로움에
야속함 투정하며
울다가 웃어가면서
술 한 잔을 올린다

지난날 회상하며
남은 삶 꿋꿋하게
힘차게 살겠노라
다짐을 약속하니
밤바다 파도 소리만
이내 마음 적신다

고향

윗마을 아랫마을
아픔의 사연들이
피난 와 둥지 틀고
살아온 실향민들
타향 땅 서러움 속에
모질게도 살았다

동해의 푸른 바다
오징어 개락이면
대풍에 흥에 겨워
어깨춤 덩실대던
부모님 그 시절 모습
다시 볼 수 없구나

통일을 기다리며
한 많은 삶을 살다
고향길 뒤로한 채
떠나신 북망산천
새처럼 훨훨 훨 날아
고향 찾아 가셨나

봄

차디찬 꽃샘추위
설악의 산자락에
새하얀 백설 가루
살포시 뿌려놓고
마지막 겨울 흔적을
아름답게 펼친다

들녘은 봄이 오니
연둣빛 꽃대 위에
꽃송이 치켜들고
들꽃이 간들간들
꽃다지 작은 냉이꽃
새초롬히 피었다

약속

뒷동산 솔향기에
아침을 맞이하며
옥이는 꽃을 심고
숙이는 나물 캐는
그곳의 소박한 바람
하나둘씩 채운다

뒤란은 달래 고비
고사리 돋아나고
대나무 사각 소리
자장가 되어주니
황혼의 길을 걸으며
우정 꽃을 심는다

평상에 모여 앉아
밤하늘 달빛 속에
이야기 나누면서
정겨움 도란도란
기다린 약속의 그 날
설렘 되어 즐겁다

꽃물결

걷는 길 잠시 잠깐
발길을 멈추고서
벚꽃이 흐드러진
꽃동산 서성이며
봄날의 아름다움의
풍경 속에 취한다

새하얀 꽃송이들
운치를 더해주니
꽃길이 따로 있나
이곳이 그 길이네
하루의 노곤함들이
꽃물결에 녹는다

장고항에서

비릿한 짠 내음이
코끝을 스쳐 가니
고향에 온 듯하여
평온이 스며드네
해변의 갈매기들도
끼룩대며 반긴다

하늘빛 푸르던 날
바람도 잠을 자고
갯바위 틈 사이로
황금빛 물이 드니
오가는 나그네들은
노을 속에 머문다

잔잔한 물결 위에
윤슬이 일렁이고
눈부신 아름다움
감동을 자아내니
해 질 녘 장고항에서
황홀함을 담는다

삶의 길

꽉 잡은 인생 끈은
세월에 삭아버려

행여나 끊어질까
질긴 삶 매달리며

오늘도 살아보려고
하루 끈을 잡는다

비바람 아픔에도
꿋꿋이 헤쳐 가며

힘겹게 걸어오니
희끗한 머릿결에

주름진 황혼의 미소
노을 속에 물든다

추억의 맛

깊은 산 들녘에서
새소리 노래 삼아
물소리 벗이 되어
연둣빛 여린 쑥을
콧노래 흥얼거리며
한잎 두잎 품는다

쑥 향기 어우러진
쑥 개떡 한 조각은
어느 임 입안에서
추억의 맛 회상할까
마음은 설렘이 되어
둥글둥글 빚는다

보리수꽃

골목길 피어있는
꽃들의 향연 속에
은은한 향기 품고
담장에 얼굴 내민
연노랑
보리수꽃이
땅만 보고 있구나

꽃송이 바라보며
낯선 이 서성이니
뜨락 집 강아지는
으름장 멍멍 짖네
마을은
가을이 오면
풍성함이 익는다

꼬마 신사

병아리 삐약삐약
새집에 들이던 날
새벽녘 바쁜 일손
땀방울 송글송글
닭장은 샛노란 물결
음률 소리 정겹다

삼대째 이어가는
가업의 양계농장
걸음마 아장아장
닭들과 친구였지
어른일 한몫 거드는
꼬마 신사 일곱 살

아이는 의젓하게
한 마리 또한 마리
즐겁게 도와주니
기특한 손주 모습
행복한 할아버지는
사랑 미소 짓는다

하루의 무게

어둠이 내려앉은
집으로 가는 길목
빗물은 주룩주룩
옷섶을 파고드네
신작로 모퉁이에는
꽃물결이 빛난다

가로등 불빛 아래
색색의 꽃송이들
오월의 밤거리를
향기를 뿜어대니
하루의 노곤한 무게
토닥이고 있구나

아버지의 사랑

그리움 스며들면
무작정 달려가는
언제나 푸근한 곳
잔잔한 파도만이
바위를 오르내리며
이 내 발길 반긴다

핏덩이 어린 딸을
젖동냥 키우실 때
삶의 길 고된 풍파
가슴에 옹이 박혀
술잔에 시름을 섞어
피눈물을 마셨죠

당신의 크신 은혜
너무나 깊고 깊어
보고픔 주섬주섬
감사의 마음 담아
띄우는 꽃 한 송이는
너울너울 떠나네

저 멀리 모래밭에
날아든 새 한 마리
외로움 토닥이듯
슬피도 울어대니
아버지 사랑이 잠시
다녀간 듯 합니다

넝쿨 아래서

화창한 햇살 아래
보랏빛 꽃물결이
미풍에 살랑살랑
향기를 뿜어대니
정분난 벌들은 모여
사랑하기 바쁘다

꽃송이 탐스럽게
나무에 흐드러져
오가는 걸음마다
예쁘게 환영하니
등나무 넝쿨 아래서
꽃내음을 품는다

비눗방울

호르르 불어대니
영롱한 비눗방울
호숫가 바람결에
춤추며 둥실둥실
아이는 신바람 나서
깔깔대며 웃는다

계절의 싱그러움
마음껏 뛰어놀며
희망의 꿈을 품고
예쁘게 자라다오
서녘에 지는 노을도
붉디붉게 곱구나

들꽃

오월의 산자락은
톡 쏘듯 청량하고

바람이 데려오는
풋풋한 계절 향기

풀숲에 작디작은 꽃
올망졸망 곱구나

꿋꿋이 살아가는
배움을 터득하고

보는 이 없다 한들
꽃 피고 지고 피는

자연의 삶을 닮은 꽃
아름다운 들꽃들

갯완두꽃

단비가 보슬보슬
내리는 해변 길에
솔 향기 그윽하니
코끝에 스며들고
모래밭 넝쿨 속에서
갯완두꽃 피었네

초록 잎 틈새 속에
활짝 핀 꽃송이들
물방울 또롱또롱
보랏빛 곱디곱네
해풍에 고개 숙인 채
꽃잎 흔들거린다

그곳

안개 숲 헤쳐 가며
추억을 찾아가니
그곳에 숨겨놓은
회상이 반겨줄까
새벽녘 나선 길섶은
발걸음도 가볍다

차곡히 쌓여있는
향수의 흔적들은
사랑의 약이 되어
아픔을 녹여주니
나 그곳 찾아갈 때면
행복함에 웃는다

미소 속에 머문다

함박눈 소복소복
내리던 겨울밤에
아침에 문을 열고
쌓인 눈 바라보며
어린 딸 신나 하면서
호들갑을 떨었지

삽자루 손에 쥐고
눈들을 모아모아
둥글게 야무지게
동굴을 만들었지
어스름 해 질 녘 길에
완성이 된 하얀 집

묵묵히 바라보신
아버지 두 손에는
짚 더미 포근하게
자리를 깔아주며
나만의 비밀 장소에
촛불 하나 켜준다

고향의 눈 소식에
유년의 기억들이
추억을 더듬으니
그 시절 행복들은
아련한 그리움 되어
미소 속에 머문다

제4부

먼 훗날의 추억

하룻길

새벽의 달콤함을
알람이 잠 깨우니
무거운 눈꺼풀은
이불속 유혹하네
오늘도 희망을 품고
하룻길을 나선다

어둠 속 동장군은
추위를 호령하고
차디찬 겨울바람
옷섶을 파고드니
저 멀리 따스한 품은
여명 빛이 물든다

마음의 정

처자식 하나 없이
쓸쓸히 홀로 되어
병마와 싸우시며
외롭게 살아가는
어르신 인연이 되어
마음의 정 나눈다

약속의 날짜 속에
정성껏 만든 음식
즐거운 마음이니
반갑게 맞아주네
맛있게 드시는 모습
감사함이 스민다

희망의 용기 내신
따뜻한 눈동자에
마음은 부자 된 듯
행복이 채워지고
뒤돌아 오는 발걸음
새털처럼 가볍다

콩죽

이북이 고향이신
윗마을 아저씨는
행여나 식을세라
반합을 품에 안고
눈 쌓인
어둠을 걸어
새벽잠을 깨우네

흰 구름 모락모락
보드란 구수한 맛
아침의 밥상에는
따뜻함 채워졌지
겨울날 그 시절 콩죽
향수되어 그립다

별꽃

담장 밑 양지쪽에
추위에 질긴 목숨
견디고 참아내어
예쁜 꽃 피어나니
가녀린 작은 들꽃이
이내 발길 잡는다

무심히 지나치면
보이지 않은 꽃들
순백의 정갈함이
봄볕에 기대인 채
스치는 바람결 따라
방글방글 웃는다

길섶에 나그네는
단아한 꽃송이에
한눈에 반해버려
넋 잃고 바라보며
별꽃의 사랑스러움
기억 속에 담는다

병솔나무

뾰족한 솔잎들이
예쁘게 염색한 듯
꽃대에 동글동글
붉은빛 꽃송이들
볼수록 오묘하구나
병솔 나무 꽃들이

창가에 자리 잡은
꽃나무 한 그루는
영원한 행복이고
겸손과 우정이라
소박한 꽃말이구나
인연 되어 감사해

모심기

찔레꽃 아카시아
향기를 뿜어대고
나무의 송홧가루
노란빛 흩날릴 때
들녘의 아저씨들은
모심기에 바쁘다

막걸리 술 한 잔에
흥겨움 절로 나고
장떡에 장칼국수
새참은 꿀맛이지
아버지 다리에 붙은
거머리도 신났네

논둑에 도란도란
정담이 오고 가고
아버지 곁에 앉아
모 밥을 먹던 추억
행복한 그리움 되어
떠오르는 얼굴들

작은 연못

생채기 스친 자리
신록이 우거지고
우뚝 선 바위 밑에
소박한 작은 연못
오월의 수련꽃들이
화사하게 폈구나

한낮의 햇살 한 줌
물 위에 머무르니
개구리 마실 나와
두 눈만 멀뚱멀뚱
본연의 자리를 찾는
푸른 숲의 영랑호

오징어 덕장

눈길을 사로잡는
풍경에 마음 끌려
걷던 길 멈추고서
그곳을 서성이네
해풍에 흔들거리며
꾸덕꾸덕 마른다

정겨운 그 모습이
낯설지 아니함은
유년의 집 마당에
많이도 건조했지
지금은 기억만 남아
추억 속에 머문다

한 두름 손질하면
오백 원 용돈 벌던
아련한 향수 속에
그리움 스며드네
오징어 덕장을 보니
생각나는 아버지

휴애리 수국

여왕의 장미 꽃잎
우수수 낙엽 지듯
계절을 떠나가니
수국이 탐스럽게
단아한 자태 뽐내며
유월 길을 반긴다

색색의 꽃송이들
황홀한 아름다움
오솔길 걸음마다
향기가 그윽하니
휴애리 꽃들의 축제
화려하게 펼친다

흔적

녹이 슨 총대 위에
어느 임 철모인가
총탄이 스친 자리
처연히 남아있네
숭고한
희생의 흔적
스며드는 애달픔

바위틈 작은 나무
강인한 정신으로
생명의 숨을 쉬며
꽃송이 피어나니
진혼의
넋이 되었나
숙연해진 이내 맘

산책길에서

어둠이 내려앉은
한적한 어촌 마을
풀숲에 들고양이
얼굴을 쏙 내밀고
큰 눈을 멀뚱거리며
이방인을 부른다

저 멀리 고깃배들
집어등 불 밝히고
풀벌레 음률 소리
운치를 더해주니
낯선 곳 산책길에서
소박함을 누린다

숨비소리

해녀의 숨비소리
저 멀리 들려오니
그녀의 큰 눈동자
눈물이 그렁그렁
보고픈 부모님 생각
긴 한숨을 토한다

제주서 나고 자란
아버지 어머니는
정든 땅 뒤로한 채
동해에 정착하여
어부와 물질만 하신
당신들의 고된 삶

할망이 내어주는
해산물 한 접시에
추억이 버무려져
목 넘김 울컥하니
낯선 곳 타향 길섶에
그리움이 머문다

고운 자태

깨금발 살금살금
살며시 다가가도

도도한 고운 자태
눈길도 주지 않네

연못 길 새 한 마리가
우아하게 거닌다

그 모습 하도 예뻐
아기야 나랑 놀자

나직이 속삭여도
아무런 대꾸 없네

나그네 귀찮게 하니
날아간다 저 높이

먼 훗날의 추억

구경꾼 갈매기도
벗 되어 춤을 추고
아이는 엄마 되어
할머니 밥을 짓네
해초가 반찬이 되니
소꿉놀이 신난다

바다는 찰랑찰랑
두 발은 첨벙첨벙
모래성 토닥토닥
새집도 지어보며
백사장 철퍼덕 앉아
동심 되어 웃는다

아뿔싸 이게 웬일
소낙비 쏟아지니
돗자리 둘러쓰고
처마 밑 비 피하네
이 또한 잊을 수 없는
먼 훗날의 추억들

위로

마음이 흐트러져
갈피를 잡지 못해
뜨락에 주저앉아
꽃들을 바라보며
혼잣말 중얼거리며
넋두리를 해본다

빗방울 뚝뚝 소리
내 눈물 대변하고
온화한 꽃잎 미소
위로가 되어 주니
이 또한 이겨내리라
토닥이는 이내 맘

밤길

한소끔 소낙비가
머물다 떠난 밤길

가로등 불빛만이
풀숲에 내려앉아

색색의 꽃송이 위에
조명되어 비추네

한낮에 활짝 피던
개망초 작은 꽃잎

앙다문 꽃봉오리
하얀 별 반짝이니

달님도 잠시 내려와
별꽃 속에 머문다

비자림 숲길

햇살도 숨어버린
울창한 숲길에는
새들의 음악회가
장단을 맞춰주니
산속의 싱그러움에
평온함이 스민다

고목의 아름드리
신록이 반짝이고
산수화 펼쳐놓은
자연의 경이로움
비자림 숲길 속에서
취해버린 숲 내음

곳곳의 귀한 식물
천남성 꽃피우고
우거진 오솔길은
감동을 자아내니
이곳에 돗자리 깔고
한숨 자고 싶구나

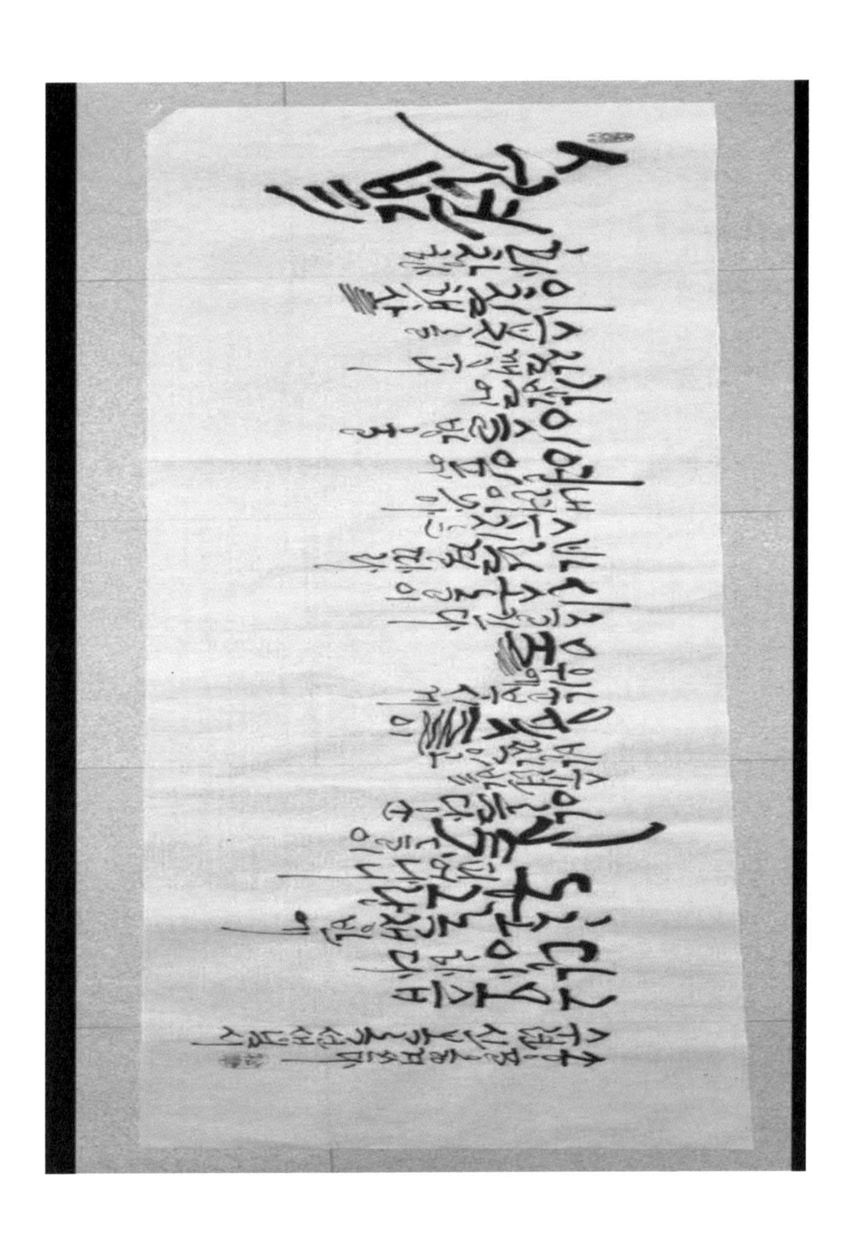

수련밭

화창한 아침 햇살
습지를 잠 깨우니

간밤에 이슬방울
연잎에 내려앉아

스치는 바람결 따라
시소 놀이 즐긴다

물 위에 눈부시게
윤슬이 반짝이고

수련밭 아름다운
꽃들이 피어나니

동그란 초록 쟁반에
단아하다 그 모습

별 사탕

초록의 잎새 틈에
연둣빛 별무리들
동그란 작은 얼굴
예쁜 뿔 뾰족뾰족
아침의 바람결 따라
앙증맞게 춤춘다

가만히 바라보니
어릴 적 건빵 속에
사탕만 골라 먹던
추억이 생각나네
푸름의 측백나무에
새초롬한 별 사탕

봄 꽃물

설렘의 마음 담아
살며시 다가와서
산과 들 연두 빛깔
새 옷을 입히더니
봄 꽃물
색칠해놓고
삼월이가 떠났다

향긋한 꽃향기와
다정히 손을 잡고
발걸음 사뿐사뿐
사월이 찾아와서
화려한
색색 옷 입고
고운 맵시 뽐낸다

까마중

질기고 질긴 생명
봄날에 돋아 올라
새하얀 꽃피우고
열매가 주렁주렁
어릴 적 먹거리였던
앙증맞은 작은 알

길섶을 오고 가다
까맣게 익어가면
알알이 모아모아
입안에 털어 넣지
톡톡톡 달콤한 그 맛
검은 진주 까마중

고구마

들녘의 푸른 물결
바람에 하늘하늘
잎새 틈 꽃송이들
새초롬 피어나니
꿀벌들 가을 사랑에
분주하니 오간다

농부는 야속하게
넝쿨을 잘라내니
꽃 속에 빠져있던
벌들은 혼비백산
또 다른 향기 찾아서
윙윙 대며 떠난다

가녀린 줄기 밑에
알토란 고구마들
못난이 이쁜이들
제각각 다른 모양
발그레 탐스러움이
가을 볕에 실하다

가을꽃

어둠이 내려앉은
낯선 곳 골목길에

주차장 벽틈에는
가녀린 들꽃 송이

가로등 불빛 아래서
눈꽃 되어 피었네

풀벌레 교향곡은
들리지 아니하고

어둠 속 국화꽃은
이슬에 젖어 드니

가을꽃 달빛 속에서
고운 향기 품는다

화진포에서

보드란 갈대들이
바람에 하늘대니
길섶에 여인들은
풋풋한 소녀 되어
화진포 호숫가에서
진한 추억 줍는다

노을빛 언저리에
나이를 접어두고
갈대숲 숨바꼭질
짓궂게 장난치니
소중한 행복이어라
다시 못 올 이 순간

성난 파도

콧대를 높이 세운
동장군 당당함은
세차게 바람 불며
바다를 부추기니
큰 물결
성난 파도는
뜀박질을 해댄다

물보라 휘날리며
방파제 철썩이니
새하얀 파도 포말
산산이 부서지며
찰나의
영롱한 은빛
방울방울 춤춘다

들꽃의 미련

황량한 허허벌판
찬 바람 불어대니
마른 잎 꽃대 하나
외로이 눈물짓네
무엇이 저리 애달파
슬피 울고 있는가

들녘에 꽃피우던
화려한 기억들이
들꽃의 미련 되어
사그락 애절한가
된서리 머물다 가면
봄은 다시 오리라

제5부

또 하나의 그리움

쌍둥이

생김은 똑같은데
개성은 너무 달라
짓궂은 개구쟁이
웃음꽃 두배주네
서로를 보듬는 마음
너와 나는 쌍둥이
멋지게 꾸며 입고
나란히 나선 길손
언제나 발맞춰서
걷는 길을 동행하니
눈썰매 신나는 시간
동생들은 즐겁다

글/사진 신복록 시인

calligraphy by 

쌍둥이

생김은 똑같은데
개성은 너무 달라
짓궂은 개구쟁이
웃음꽃 두 배 주네
서로를 보듬는 마음
너와 나는 쌍둥이

멋지게 꾸며 입고
나란히 나선 길섶
언제나 발맞추며
걷는 길 동행하네
눈썰매 신나는 시간
어린 마음 즐겁다

골목길 뜨락에는

골목길 뜨락에는
고운 옷 알록달록

화려한 옷을 입고
패션쇼 펼쳐지니

초대장 받지 않아도
사뿐사뿐 찾는다

무지개 색깔들이
온 동네 들썩들썩

꽃등을 걸어놓고
꽃 무대 수놓으니

벌 나비 관객이 되어
분주하니 바쁘다

작은 계곡

여름은 익어가며
열기를 뿜어대고
뒷산 길 우거진 숲
풀 내음 싱그럽네
야틈한 작은 계곡은
아이들의 놀이터

아빠는 동심 되어
물놀이 신이 나고
산바람 살랑이며
부채질 시원하니
산자락 해맑은 웃음
보는 이도 즐겁다

바위에 걸터앉아
물속에 발 담그니
발끝은 찌릿찌릿
냉기가 스며드네
산새도 합창을 하며
음악회를 펼친다

비 오는 작은 꽃밭

초봄에 꽃피우고
화사함 수놓더니
묵묵히 침묵한 채
여름을 보내던 날
살포시
잎새 틈에서
꽃눈들이 봉긋이

한 송이 또한 송이
활짝 핀 군자란꽃
주홍빛 고운 꽃잎
빗물을 머금은 채
비 오는
작은 꽃밭에
우아함을 뽐낸다

새벽 길섶

안개가 짙게 깔린
새벽의 길섶에는
지난밤 바람결에
떨어진 갈잎들이
우수수 갈 곳을 잃고
이리저리 뒹군다

갈바람 옷섶 깊이
차갑게 스며들고
어둠의 정적만이
흐르는 발걸음은
바스락 낙엽 소리만
고요 속에 머문다

유월 아침

눈부신 유월 아침
조그만 꽃밭에는
하늘을 향해 웃는
활짝 핀 꽃송이들
샛노란 나리꽃들이
햇살 속에 곱구나

두 알의 뿌리들이
인연의 자리 잡고
대가족 이루면서
꽃피고 지고 피니
나만의 사랑 꽃 되어
환해지는 이내 맘

모자의 예쁜 모습

하늘빛 아름다운
한낮의 바닷가에
바위에 옹기종기
모자의 예쁜 모습
해맑은 웃음소리가
저 멀리서 들린다

기다란 미역 한 줄
시각과 촉감으로
아이는 신이 나고
그 모습 바라보니
유년의 나의 추억이
저 곳에서 머문다

복주머니난

깊은 산 그늘진 곳
숲속의 귀한 식물

야생화 피고 지는
뜨락에 자리 잡고

홍자색 복주머니난
탐스럽게 폈구나

널따란 잎새 틈에
동그란 꽃송이는

희귀한 보물이니
볼수록 신기하네

꽃말도 어여쁘구나
기쁜 소식 희망을

훈장

정겨운 동무들과
웃음꽃 피우면서
잠깐의 나들이에
추억이 한 줄 두 줄
지금이 좋을 때여라
우리들의 이 순간

숨 가쁜 삶의 길에
청춘은 간데없고
검은빛 머릿결은
흰머리 늘어나니
거친 손 골 깊은 주름
훈장 주네 세월이

반세기 험난한 길
얼마나 힘들었나
삐거덕 경고등이
쉼 없이 들려오니
수고한 몸을 위하여
잠시 여유 즐기세

꽃밭

앵초 꽃피고 지니
어느 임 만나려나

첫사랑 기다리듯
꽃밭을 서성였지

발그레 수줍은 얼굴
홍란꽃이 피었네

초록의 꽃대 위에
우아한 학 한 마리

살포시 날아들어
춤추듯 살랑 이니

가녀린 하얀 붓꽃이
청초하니 곱구나

번뇌

공허한 텅 빈 마음
번뇌만 깊어지니
무엇을 얻으려고
이곳을 찾아왔나
모래밭
조개껍데기
이내 모습 같구나

갈매기 날갯짓에
바다는 잠이 깨고
동살 빛 머리 위로
여명이 떠오르니
저 붉은
찬란한 희망
빈 가슴에 채운다

인동꽃

넝쿨에 얼기설기
꽃나비 날아온 듯
노란빛 하얀 꽃잎
곱게도 피어나서
꽃향기 듬뿍 날리며
꿀벌들을 부른다

한 움큼 꽃을 따서
꽁다리 한 잎 물면
인동꽃 달콤함에
입안은 황홀했지
그때는 그랬었는데
기억 속에 추억만

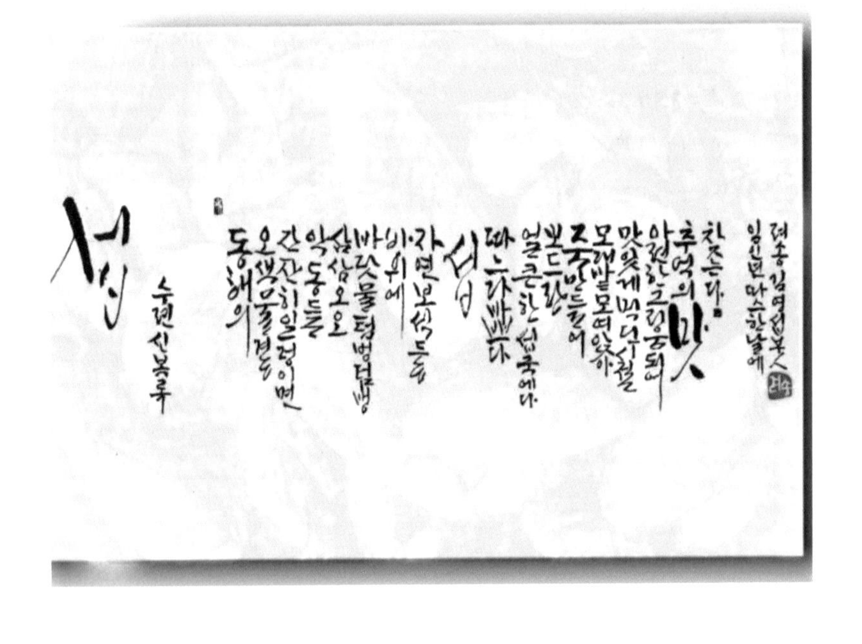

섭

동행의 옥색 물결
잔잔히 일렁이면
악동들 삼삼오오
바닷물 첨벙첨벙
바위에
자연 보석들
섭 따느라 바쁘다

얼큰한 섭국에다
보드란 죽 만들어
모래밭 모여앉아
맛있게 먹던 시절
아련한
그리움 되어
추억의 맛 찾는다

골목길

한낮의 무더위는
어둠에 숨어들고

늦은 밤 골목길에
걷는 길 휘청이니

가로등 밝은 불빛은
길잡이가 돼준다

담장의 토마토는
알알이 탐스럽고

새초롬히 피어있는
철없는 철쭉 꽃잎

살결에 스치는 바람
청량하게 안긴다

첫 수확

흰 구름 몽실몽실
머물다 떠나가고
솔솔솔 산바람에
초록의 물결들이
드넓은 치맛자락을
살랑살랑거린다

겨우내 노지에서
비바람 견뎌내고
풍성한 옷을 입은
손끝에 명이나물
기쁨의 첫 수확으로
한잎 두잎 채운다

서녘에 해 질 무렵
옷섶의 흙먼지를
툴툴툴 털어내며
아낙은 집을 향해
비포장 들길 따라서
저벅저벅 걷는다

아름다운 공동체

조그만 화분에서
뿌리를 자리 잡고
생김도 이름조차
제각각 다르지만
서로가
화음 이루며
화사함을 수 놓네

질서를 지켜가며
꽃송이 형형색색
꽃피고 지고 피는
계절의 꽃나무들
못남도
잘남도 없는
아름다운 공동체

썰매

밤 깊은 섣달 그음
백설의 꽃송이를
살포시 뿌려놓고
홀연히 사라지니
온 누리 하얀 설 꽃이
어여쁘게 피었다

야트막이 언덕길에
소복이 쌓인 눈에
돗자리 하나 깔고
눈 위를 달려보니
난생 첨 타보는 썰매
즐거움에 신났네

뒷산 길 비료 포대
온종일 타고 놀던
할머니 유년 시절
향수가 떠오르니
손주와 동심이 되어
추억 통장 채운다

또 하나의 그리움

진하게 떠오르는
애달픈 얼굴 하나
울컥해 목이 메어
눈물이 그렁그렁
북받친 설움 속에서
불러보는 그 이름

사랑의 흔적들이
아픔의 통증으로
가슴을 후벼파는
이별이 아닌 이별
영원히 먼 곳 떠나간
또 하나의 그리움

묵은 때

유년의 우정이란
묵은 때 덕지덕지

굳은살 되어가며
마음 정 주고받네

늘 항상 그 자리에서
지켜주는 나의 벗

소중한 그녀를 위한
깜짝 이벤트는

행복한 기억으로
추억 책 채웠으면

이 순간 너만을 위해
사랑한다 친구여

아침 바다

동해의 아침 바다
짠 내음 스며들고
소나무 숲길 따라
홀로이 거닐었던
수평선 끝자락에는
동살 빛이 물든다

동녘에 솟아오른
찬란한 붉은 일출
잔잔한 파도 위에
황금빛 반짝이니
고요한 백사장에서
여유로움 누린다

외옹치 가는 길목
잠 깨인 노란 물결
해당화 열매들이
알알이 익어가고
금계국 하늘거리며
반겨주는 아침 길

고요 수목원

겨울비 스친 자리
밤바람 상큼하고
하얀 눈 소복소복
마중을 나가고픈
아침의 고요 수목원
자연 길에 머문다

단풍잎 빈자리에
화려한 네온사인
오색 빛 형형색색
어둠에 춤을 추니
십이월 깊어가는 밤
황홀함에 취한다

□ 서평

그리움이 빚어낸 자유와 성취의 추억

최 봉 희(시조시인, 평론가, 글벗 편집주간)

행복은 사람과 사람 사이에서 만들어진다. 그래서 우리는 홀로 있을 때보다 다른 사람과 함께 할 때 기쁨과 행복을 느끼게 된다. 그 기쁨과 행복이 추억이 되어 우리의 기억 속에 존재하는 것이다.

이번에 신복록 시인의 시조집 『추억의 언저리에서 웃고 있다』는 가슴에 남은 이야기, 즉 그리움이 담긴 추억의 시조집이라고 할 수 있다. 그러면 신복록 시조집에 나타난 특성은 무엇일까?

필자는 그리움과 행복이 빚어낸 자유와 성취의 추억이라고 말하고 싶다.

인간은 누구나 가고 싶은 곳에 가고, 먹고 싶은 것을 먹고 싶어한다. 더불어 사고 싶은 것을 살 수 있는 자유를 원한다. 물론 작가에게는 글 쓰는 자유를 원한다. 내가 하고 싶은 것을 할 수 있다는 자유는 인간의 가장 중요한 속성이며 행복의 근원이다. 그 자유 속에는 그리움을 추억하는 선택이 있다.
첫 번째는 아버지에 대한 그리움의 추억이다. 아버지는 지금 시인의 곁을 떠나셨지만 날마다 떠오르는 그리운 이름이다. 시인은 날마다 그리운 아버지를 떠올리면서 힘을 얻기도 하고 투정을 부리면서 자신의 삶을 하소연한다.

그리움 스며들면
무작정 달려가는
언제나 푸근한 곳
잔잔한 파도만이
바위를 오르내리며
이 내 발길 반긴다

핏덩이 어린 딸을
젖동냥 키우실 때
삶의 길 고된 풍파
가슴에 옹이 박혀
술잔에 시름을 섞어
피눈물을 마셨죠

당신의 크신 은혜
너무나 깊고 깊어
보고픔 주섬주섬
감사의 마음 담아
띄우는 꽃 한 송이는
너울너울 떠나네
- 시조 「아버지의 사랑」

아버지에 대한 그리움은 참으로 눈물겹다. 이산가족으로 한 많은 세월을 사시다가 세상을 떠나셨다. 실향민으로서 통일의 염원을 간직한 채 새가 되어 북녘땅 고향을 찾는 아버지의 한 많은 인생을 그리움으로 담았다.

매서운 바닷바람
추운들 어떠하리
아버지 깊은 사랑
가슴은 따뜻한데
소박한 술상 차리며
그리움을 달랜다

몇 굽이 더 살아야
그때는 덤덤할까
홀로이 외로움에
야속함 투정하며
울다가 웃어가면서
술 한 잔을 올린다

지난날 회상하며
남은 삶 꿋꿋하게
힘차게 살겠노라
다짐을 약속하니
밤바다 파도 소리만
이내 마음 적신다
– 시조 「투정」 전문

이제 아버지는 하늘나라로 가셨다. 하지만 아버지의 깊은 사랑이 시인의 가슴을 울린다. 아버지가 돌아가셨지만 소박한 술상을 차려서 아버지께 올리면서 그리움으로 지난날 회상하면서 울다가 웃으면서 투정을 부린다. 그리곤 새삼 다짐한다. 꿋꿋하게 힘차게 살겠노라고 그때 파도가 아버지처럼 자신의 마음을 어루만진다. 참으로 기가 막힌 표현이다. 가슴에 와닿는 그리움이 아니던가.

두 번째는 고향에 대한 그리움의 추억이다. 시인은 고향에 대한 추억, 아버지에 대한 추억, 스승에 대한 추억 등, 그리움의 추억이 시조를 통해 계속 표현된다.

한 줄기의 회상 속에 기쁨에 행복함도 있고 슬픈 가슴으로 떠올리는 수많은 고향에 대한 추억 이야기가 담겨 있다. 시인은 날마다 쌓인 추억의 보따리를 주섬주섬 펼치고 있는 것이다.

겉모습 투박해도
껍질 속 뽀얀 속살

강판에 쓱쓱 갈아
콩이랑 합궁하네

옛 기억 꺼내보면서
조물조물 해본다

내 고향 감자바우

배고픈 보릿고개

옹심이 감자범벅
하루의 끼니였지

추억의 뒤안길에서
향수되어 그립다
– 시조 「감자 범벅」 전문

살아가다 보면 자신의 자유가 종종 다른 사람 또는 여러 사람에 의해 부딪치곤 한다. 한 사람의 자유가 다른 사람에 의해 방해를 받기도 한다. 하지만 시인은 어린 시절의 고향과 아버지를 추억하고 할머니가 되어서도 이제 손자를 통해서 어린 시절의 그리움을 다시금 되찾는다. 그것은 자신과 아버지, 그리고 손자와의 관계에서 만나는 추억을 통해서 그리움의 자유를 만끽하는 것은 아닐까?

윗마을 아랫마을
아픔의 사연들이
피난 와 둥지 틀고
살아온 실향민들
타향 땅 서러움 속에
모질게도 살았다

동해의 푸른 바다
오징어 개락이면

대풍에 흥에 겨워
어깨춤 덩실대던
부모님 그 시절 모습
다시 볼 수 없구나

통일을 기다리며
한 많은 삶을 살다
고향길 뒤로한 채
떠나신 북망산천
새처럼 훨훨 훨 날아
고향 찾아 가셨나
– 시조 「고향」 전문

복잡한 세상은 욕심과 조급함으로 상처를 입고 아파하기도 한다. 하지만 시인은 자식으로서 아버지를 추억하고 그리운 고향의 앞바다를 추억하고 지금은 할머니가 되어 손자들과 함께 그리움으로 공감한다. 시인의 또 다른 시조 「사월의 추억」을 살펴보자.

꽃잎 진 나뭇가지
연둣빛 짙어지니
화사한 봄꽃 동산
사월의 수채화를
가슴속 화단에 심어
추억으로 담으리

발길이 머무는 곳
색색의 봄의 축제
내 것은 아니지만
마음껏 누리면서
봄 떠나 그리워지면
다시 꺼내 보리라
– 시조 「사월의 추억」 전문

시인에게 봄은 자신만의 것이 아니다. 봄의 축제인 사월에 꽃이 피는 아름다운 추억을 가슴에 안고 그리움의 추억을 다시금 꺼내 보겠다는 소망을 피력하고 있다. 그것은 시인의 선택권이자 결정권이다. 추억을 찾아가는 것도 시인만이 누리는 결정권이요, 선택권이기에 자유다. 그 선택권은 행복의 선택권이요, 그리움을 추억하는 자유이리라. 시인에게 자유는 바로 글에 담는 시조 쓰기인 셈이다.

인간의 육체는 어머니 뱃속에서 태어나 탯줄이 잘리는 순간 하나의 독립된 개최가 된다. 그때부터 자유는 필연성을 갖는다. 시인이 영랑호에 갈 것을 결정하는 것은 그의 자유다. 그가 여행할 것인지 글을 쓸 것인지 아니면 스승의 시비에 갈 것을 결정하는 것은 바로 자유의 본질이다.

설악의 높은 산에
구름이 내려앉아
햇살은 숨어들고
바람만 불어오니

호숫가 드넓은 물결
넘실넘실 춤춘다

화마가 휩쓸고 간
아픔의 산자락에
푸름이 돋아나며
상처를 덮어주니
철없이 피어난 철쭉
새초롬히 웃는다

영랑호 자리 잡은
스승님 시비 앞에
유년의 악동들은
추억을 회상하니
그 시절 웃음꽃 피어
아름답게 머문다
－시 「영랑호에서」 전문

시인은 현재 서울에 살지만, 그의 고향은 강원도 영랑호 주변으로 어린 시절의 추억을 더듬는다. 시인의 스승은 시인으로 스승의 시비 앞에서 추억을 더듬고 있다. 제자도 시인이 되었으니 얼마나 아름다우랴. 그가 시인이 된 것은 자신의 결정권이다. 그 결정권이 바로 시인의 자유다. 스스로 결정권을 가질 때 자유를 얻는 것이다.

그런데 자유에는 또 하나의 전제가 따른다. 그것은 바로 무엇을 하겠다는 의지가 뒤따른다. 의지가 없다면 선택이 필요도 없고 자유 역시 필요하지 않게 된다.

세 번째 그리움의 추억은 할머니로서의 추억이다. 어릴 때 추억을 꺼내 보면 순수하고 깨끗하다. 아무리 짓궂은 창난을 쳤어도 그 마음과 생각이 순수하고 단순했기 때문이다. 그 때문에 어릴 적 기억을 꺼내 복잡하고 때 묻은 마음을 씻어낸다. 시인도 할머니가 되어 손자와 손녀와의 추억을 담았다.

따사한 햇살 아래
봄 오는 길목 따라
봄 마실 자박자박
둑길을 걸어보네
잠깐의 감성에 젖는
할머니의 여유다

놀이터 그네 타고
미끄럼 시소 놀이
해맑은 웃음소리
신나서 깡충깡충
마음껏 뛰어다니며
지치지도 않구나

옛날은 일곱 살이
요즘은 미운 네 살
떼쓰는 고집쟁이
에너지 넘쳐나네
할머니 친구가 되어

하루해가 저문다
– 시조 「미운 네 살」 전문

인생은 살아가면서 더러는 아픈 상처의 기억이 있다. 유년의 말괄량이에서부터 풋풋한 청춘 시절이 시인의 기억 속에서 순수함으로 머문다.

사람은 누구나 자신의 경험을 특별하게 생각한다. 삶의 길 굽이굽이 걷다가 험난해 힘겨울 때면 행복한 경험이든 고통스러운 경험이든 빛바랜 사연 하나가 있다. 그것 단 하나뿐인 자신만의 이야기이다. 시인은 추억의 길목에서 웃고 있는 자신의 모습을 발견하게 된다. 그런데 행복한 경험일수록 남에게 말하고 전하고 싶은 마음이 생긴다.

함박눈 소복소복
내리던 겨울밤에
아침에 문을 열고
쌓인 눈 바라보며
어린 딸 신나 하면서
호들갑을 떨었지

삽자루 손에 쥐고
눈들을 모아모아
둥글게 야무지게
동굴을 만들었지
어스름 해 질 녘 길에
완성이 된 하얀 집

묵묵히 바라보신
아버지 두 손에는
짚 더미 포근하게
자리를 깔아주며
나만의 비밀 장소에
촛불 하나 켜준다

고향의 눈 소식에
유년의 기억들이
추억을 더듬으니
그 시절 행복들은
아련한 그리움 되어
미소 속에 머문다
- 시조 「미소 속에 머문다」 전문

만약 지금 내가 행복이라고 여기는 것을 다른 사람들과 나누고 싶지 않다면 그것은 과연 행복이라고 할 수 있을까? 참된 행복은 자신뿐 아니라 다른 사람까지 행복하게 하는 힘이 있다. 그래서 시인은 그리움의 시를 쓰는 것이 아닐까?

황금빛 살랑이는
드넓은 초록 물결
보리밭 바라보니
아련한 유년 시절

정겹던 기억한 줄이
바람결에 스친다

알 영근 알갱이들
군불에 살짝 구워
비벼서 호호 불어
입안에 오물오물
얼굴은 숯 검둥이로
분단장이 되었지

대궁을 꺾어 들고
서툴게 불어대면
뜻 모를 피리 소리
깔깔깔 즐거웠지
보리는 하늘대는데
추억들만 있구나
- 시조 「보리밭의 추억」 전문

신복록 시인은 사랑을 지닌 아름다운 사람이다. 우리가 어떤 물건을 아름답게 만들고 싶다면 그 안에 사랑을 넣으면 된다. 시도 그렇고 예술도 그렇다. 사람도 마찬가지다.

신복록 시인은 글벗문학회 시화전 행사 때마다 많은 먹거리를 바리바리 싸서 많이 준비해 온다. 그리고 시인들과 관람객들에게 그 음식을 모두 나눈다. 신은 모든 자연과 인간을 사랑의 마음으로 빚었다. 그렇기 때문에 모두가 소중하고 아름답다.

신작로 거리마다
낙엽은 나뒹굴고

고사리 손을 잡고
가을을 주워보네

바스락 음률 소리에
걷는 걸음 신난다

한 걸음 앞서가면
한걸음 맞춰가며

이 가을 너와 나의
한 줄의 추억 되니

먼 훗날 회상하라며
차곡차곡 담는다
– 시조 「한 줄의 추억」 전문

누군가 마냥 그리워지는 계절, 가을이다. 아름다웠던 추억들, 옛길도 한가롭게 마음에 들어오는 법이다. 가을은 추억과 사랑이 영그는 풍요로움의 계절이다. 맑고 고운 햇살을 받으면서 맘껏 뽐내는 저 들판에서 알밤을 줍는다. 여기서 머물면서 마음의 여유를 찾기도 한다. 시인은 글을 쓰고 한 줄의 글로 남긴다. 사랑도 결실로 이어져 영원을 준비하는 것이다.

흰 눈이 내려앉은
산속 집 뜨락에는
가을이 남아있어
붉은 등 대롱대롱
새하얀 꽃눈 위에서
살랑살랑 춤춘다

등불을 걸어 논듯
어여쁜 꽈리 나무
꽈르르 음률 소리
추억을 불러오네
눈 속의 가을 풍경이
그림 되어 서 있다
- 시 「꽈리나무」 전문

어느덧 힘겨운 겨울이다. 삶이란 생명을 갖는 것이다. 한 사람 한 사람이 품는 희망의 역사다. 겨울밤을 겪는 시인의 역사는 바로 그리움이다. 그 그리움을 시조로 품고 있기 때문이다.

동짓달 긴 긴 밤에
출출함 스며들면
오빠는 서너 마리
북어를 두들기고
언니는 감자를 쪄서
겨울밤을 보냈지

이북식 국수 말이
아버지 만드시면
삼 남매 순식간에
한 그릇 뚝딱했지
겨울날 행복한 추억
잊을 수가 없어라
– 시 「겨울 밤에」 전문

나이가 든다는 것은 무언가가 내 곁을 떠난다는 의미가 아니다. 오히려 무언가를 더 쌓았다는 의미다. 어느 겨울날에 삶의 질곡을 지나는 동안 그 안에는 수많은 이야기가 쌓이고 존재한다. 그것이 추억이다. 우리가 품고 있는 많은 이야기, 오래된 것은 다 소중하다. 그리고 모두가 아름답다. 왜냐하면 그 아름다움은 하루아침에 이루어진 것이 아니기 때문이다. 그래서 추억은 아름답다고 하지 않았던가.

지치고 힘이 들면
잠시만 쉬어가자
고향의 바닷가에
추억을 펼쳐놓고
목청껏 웃어보면서
이 순간을 즐기세

굴곡진 삶의 길에
수많은 희로애락
오늘도 살았으니

내일도 살아가세
그래도 살아 볼만한
중년의 길 아닌가

주어진 현실의 삶
불평도 하지 말고
짧아질 우리의 길
천천히 전진하며
인생길 멈출 때까지
걸어가세 친구여
– 시 「쉬어 가자」 전문

신복록 시인은 중년의 길에서 희로애락의 삶을 살아가고 있다. 그에게는 친구가 있다. 인생길이 지치고 힘들 때 함께 해줄 친구 말이다. 그 친구는 유형의 친구도 있지만, 그가 글을 쓰는 시조가 그의 친구이기도 한다. 힘겹고 지칠 때마다 시인은 시조를 쓴다. 그것이 그에게는 쉼의 시간이리라. 그리고 행복의 미소를 띠는 그리움의 공간이리라.

진실에서 그리움과 행복을 찾는다. 시인에게 그리움은 진실이다. 사실은 사실 그대로를 말하고 글로 쓰는 것이다. 하지만 시인은 진실은 말한다. 그렇다면 진실은 무엇일까? 어떤 사실에 사랑을 더한 것이리라.

일상에서 흩어져 있는 사실에 사랑을 더하는 시인, 그의 글은 진실을 담고 있다. 그 때문일까? 신복록 시인의 시조는 정겹다. 추억이 담겨서 그렇고 진실이 담겨서 그렇다.

진실은 우리의 삶을 친밀함과 기쁨으로 이끈다.

만남이 주는 기쁨
설렘이 가득하고
서로의 기억에서
추억을 회상하니
친구란 좋은 인연들
향수 속에 머문다

유년의 순수함도
청춘의 흔적들도
세월의 숫자 속에
모습은 변했지만
노년의 뜨락에 앉아
우정 향기 채운다
– 시 「만남」 전문

앞에서 살펴본 바와 같이 신복록 시인의 그리움은 아버지에 대한 그리움, 고향에 대한 그리움, 그리고 손자에 대한 그리운 추억으로 수놓았다. 시인은 그 그리움의 추억에는 항상 미소로 마무리하고 있다. 인생이 노곤하고 힘들어도 그는 시조를 쓰면서 그 아픔을 견뎌가면서 외로움을 극복한다. 시인에게 하루의 끈은 바로 시조를 쓰는 삶이다. 그래서 시인은 행복한가 보다. 끝으로 그의 시조 「삶의 길」을 음미하면서 그의 시조에 나타난 그리움의 추억을 함께 공감하고자 한다.

날마다 그리움으로 쓰는 추억의 시조, 언제나 그의 삶 속에서 시인의 건강과 건승을 기원한다. 그의 추억의 언저리는 시조를 통해 환한 미소를 짓고 있다.

꽉 잡은 인생 끈은
세월에 삭아버려

행여나 끊어질까
질긴 삶 매달리며

오늘도 살아보려고
하루 끈을 잡는다

비바람 아픔에도
꿋꿋이 헤쳐 가며

힘겹게 걸어오니
희끗한 머릿결에

주름진 황혼의 미소
노을 속에 물든다
– 시조 「삶의 길」 전문

아버지의 사랑
그리움 스며들면
잔잔한 파도만이
바위를 오르내리며
당신의

새벽녘
눈을 뜨는
감사의 진한 향기
커피를 따뜻하게
내목젖을 덥히고
하루란
기지개 펴고
새벽길을 나선다

하루 / 신복록

마수기 카툰 캘리

■ 글벗시선 171 신복록 시조집

추억의 언저리에서 웃고 있다

인 쇄 일 2022년 9월 26일
발 행 일 2022년 9월 26일
지 은 이 신 복 록
펴 낸 이 한 주 희
펴 낸 곳 도서출판 글벗
출판등록 2007. 10. 29(제406-2007-100호)
주 소 경기도 파주시 와석순환로 16,(야당동) 롯데캐슬파크타운 905동 1104호
홈페이지 http://guelbut.co.kr
E-mail juhee6305@hanmail.net
전화번호 031-957-1461
팩 스 031-957-7319
가 격 15,000원
I S B N 978-89-6533-221-3 04810

* 잘못된 책은 바꿔 드립니다.